LA CASA DEL ÁRBOL® #41
MISIÓN MERLÍN

Luz de luna sobre la flauta mágica

Mary Pope Osborne

Ilustrado por Sal Murdocca

Traducido por Marcela Brovelli

LECTORUM
PUBLICATIONS

Para Janet, Alan, Colin y Ross, que descubrieron
la magia de la música hace mucho tiempo.
Y un agradecimiento especial para el Dr. Jack Hrkach.

Spanish translation©2019 by Lectorum Publications, Inc.
Originally published in English under the title
MOONLIGHT ON THE MAGIC FLUTE
Text copyright©2009 by Mary Pope Osborne
Illustrations copyright ©2009 by Sal Murdocca
This translation published by arrangement with Random House Children's Books,a division of Penguin Random House LLC, New York.
MAGIC TREE HOUSE® is a registered trademark of Mary Pope Osborne, used under license.

Library of Congress Cataloging-in-Publication Data:
Names: Osborne, Mary Pope, author. | Murdocca, Sal, illustrator. | Brovelli, Marcela, translator.
Title: Luz de luna sobre la flauta magica / Mary Pope Osborne ; ilustrado por Sal Murdocca ; traducido por Marcela Brovelli.
Other titles: Moonlight on the magic flute. Spanish
Description: Lyndhurst, NJ : Lectorum Publications, Inc., [2019] | Series: Casa del arbol ; #41 | "Mision Merlin." | Originally published in English: New York : Random House, 2009 under the title, Moonlight on the magic flute. | Summary: Jack and Annie travel to Vienna, Austria, in 1762 where they meet the young Wolfgang Amadeus Mozart and his sister and help save the budding genius' life.
Identifiers: LCCN 2019018963 | ISBN 9781632457851
Subjects: | CYAC: Time travel--Fiction. | Magic--Fiction. | Mozart, Wolfgang Amadeus, 1756-1791--Fiction. | Brothers and sisters--Fiction. | Vienna (Austria)--History--18th century--Fiction. | Austria--History--1740-1789--Fiction. | Spanish language materials.
Classification: LCC PZ73 .O74764 2019 | DDC [Fic]--dc23 LC record available at https://lccn.loc.gov/2019018963
....
ISBN 978-1-63245-785-1
Printed in the U.S.A
10 9 8 7 6 5 4 3 2 1

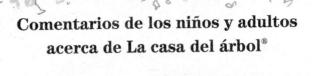

Comentarios de los niños y adultos
acerca de La casa del árbol®

"¡Oh, cielos... esta colección es
realmente emocionante!".
—Christina

"Me encanta la serie La casa del árbol. Me quedo
leyendo toda la noche. ¡Incluso
en época de clases!".
—Peter

"Annie y Jack han abierto una puerta al
conocimiento para todos mis alumnos.
Sé que esa puerta seguirá abierta durante
todas sus vidas".
—Deborah H.

"Como bibliotecaria, siempre veo a muchos jóvenes
lectores preguntar felices por el siguiente libro de
la serie La casa del árbol".
—Lynne H.

TÍTULOS DE LA CASA DEL ÁRBOL

ÍNDICE

Queridos lectores:

Siempre tuve deseos de que Annie y Jack viajaran a Austria y, por fin, en Luz de luna sobre la flauta mágica, han podido hacerlo. Cuando yo era pequeña, viví allí con mi familia, durante tres años. Nuestra casa estaba en Salzburgo, una ciudad bonita y antigua, a orillas de un río, rodeada por montañas. Lo mejor de todo era el enorme castillo, en una alta cima, desde donde se veía toda la ciudad. ¡Y yo podía apreciar la bella construcción desde cualquier ventana de mi casa!

Durante esos años en Austria sentí que viví en una tierra encantada. Estoy segura de que allí nació mi amor por lo tradicional y los cuentos de hadas, donde, desde muy niña, aprendí que la vida tiene un toque mágico. Así que, ahora, espero que ustedes también hagan un maravilloso viaje a este país, un lugar tan importante para mí desde hace tanto tiempo.

Mary Pope Osborne

"Vi a la música convertirse en luz".

—Sara Teasdale, *Un minueto de Mozart*

Prólogo

Un día de verano en Frog Creek, Pensilvania, apareció una misteriosa casa en la copa de un árbol. Muy pronto, los hermanos Annie y Jack se dieron cuenta de que la pequeña casa era mágica. En ella podían viajar a cualquier lugar y época de la historia, ya que la casa pertenecía a Morgana le Fay, una bibliotecaria mágica del legendario reino de Camelot.

Luego de muchas travesías encomendadas por Morgana, Annie y Jack vuelven a viajar en la casa del árbol para cumplir las "Misiones Merlín", a pedido del gran mago. Con la ayuda de Teddy y Kathleen, dos jóvenes hechiceros, los hermanos visitaron cuatro lugares míticos en busca de unos objetos muy valiosos para salvar al reino de Camelot.

En las ocho misiones siguientes Annie y Jack, nuevamente, fueron enviados a épocas y lugares reales de la historia: Venecia, Bagdad, París, Nueva York, Tokio, Florencia, la Antártida y también, a las profundidades del océano. Tras demostrarle a Merlín que podían hacer magia con sabiduría, el gran mago los premió con la Vara de Diantus, una poderosa vara mágica que los ayudó a hacer su propia magia. Así, ellos lograron encontrar cuatro secretos de la felicidad para Merlín, en un momento difícil para él.

Una vez más, Annie y Jack están listos para tener noticias del mago Merlín...

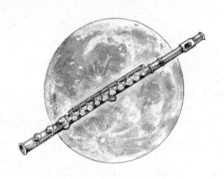

CAPÍTULO UNO

Palacio de Verano

Jack estaba en la computadora investigando acerca de los pingüinos para un proyecto de la escuela. Su madre y su padre preparaban la comida en la cocina. De allí venía el olor a pan horneándose y a salsa de espagueti burbujeando sobre la hornilla que Jack sentía en la sala.

—¡Jack! ¡Ven conmigo! —dijo Annie entrando de golpe.

—¿Qué pasa? —preguntó él.

—¡Llegaron! —contestó Annie.

—¿Teddy y Kathleen? —preguntó Jack.

Annie asintió con la cabeza.

—¡Cielos! —susurró él. Se levantó de la silla y agarró la chaqueta y la mochila—. ¡Mamá, papá, volveremos pronto! —agregó en voz alta.

—La cena estará en media hora —contestó la madre desde la cocina.

—¡Muy bien! —agregó Annie. Y los dos salieron por la puerta principal al fresco aire de primavera.

—¿Dónde los viste? —preguntó Jack.

—En la entrada del bosque —contestó Annie—, cuando volvía de la lección de piano en la bicicleta. Al verme me saludaron.

—¿No te detuviste para hablar con ellos? —preguntó Jack.

—No, señalé hacia acá para que vieran que venía a buscarte —explicó Annie.

—¡Ah! ¡Gracias! —dijo Jack—. ¡Será mejor que nos apuremos!

—¡Quisiera saber adónde nos enviarán! —comentó Annie, caminando hacia la acera—. ¿Cuál será nuestra próxima misión? Oye, ¿trajiste la Vara de Diantus?

—¡Sí, está en mi mochila! —contestó Jack.

Ambos corrieron hacia el bosque de Frog Creek. Rápidamente, por entre las sombras del atardecer, llegaron al árbol más alto. La casa mágica había regresado. Los dos jóvenes magos de Camelot estaban en la ventana.

—¡Hola! —gritaron Annie y Jack.

—¡Hola! —contestaron Teddy y Kathleen.

Annie se agarró de la escalera colgante y subió a la casa del árbol. Jack la siguió.

—¡Estamos tan contentos de volver a verlos! —dijo ella, abrazando a sus amigos. Jack se abrazó a los tres.

—¿Cómo está la pequeña Penny? —preguntó él. Extrañaba al pingüino que le habían regalado a Merlín en el último viaje.

—Ah, Penny y Merlín ya son íntimos amigos —contestó Kathleen—. Ella lo hace reír todo el tiempo.

—Genial —dijo Jack sin sorprenderse. Él también se había divertido muchísimo con Penny.

—¿Qué quieren que hagamos ahora?

—preguntó Annie.

—En su última misión, buscaron los secretos de la felicidad para ayudar a Merlín —comentó Kathleen.

Annie y Jack asintieron.

—En esta misión, Merlín quiere que ustedes ayuden a brindarles felicidad a millones de personas —explicó Kathleen.

—Huy —exclamó Jack—. Ese sí que es un trabajo duro.

Teddy y Kathleen se rieron.

—¿Y cómo lo haremos? —preguntó Jack.

—Es fácil —dijo Teddy—. Deberán encontrar a un gran artista...

—¿Un pintor? —preguntó Annie.

—Podría ser —respondió Teddy—. Pero, también, cualquier persona capaz de crear algo bonito con pasión e imaginación. El deseo de Merlín es que ayuden al artista a ir por el camino correcto para que comparta sus dones con el mundo entero.

—¡Qué genial! —dijo Annie—. ¿Por dónde empezamos?

Kathleen se abrió la túnica y sacó un sobre blanco sellado con cera roja derretida que en letras elegantes decía: *Para Annie y Jack, de Frog Creek.*

—Es una invitación de la realeza —dijo.

Jack agarró el sobre. Con cuidado abrió el lacre y sacó una tarjeta con bordes y letras dorados. Luego, leyó en voz alta:

Están invitados a la fiesta
del Palacio de Verano
el 13 de octubre de 1762
a las 5 de la tarde

—¡Una fiesta en un palacio de verano! ¡En 1762! —dijo Annie.

—Sí —confirmó Teddy—. El palacio está en Viena, Austria. Es uno de los más espléndidos del mundo.

—Eso sí parece divertido —comentó Annie.

—Claro, debería serlo —agregó Kathleen—. Pero tendrán que ser cuidadosos con sus modales y con cualquier peligro inesperado.

—¿Qué clase de peligro? —preguntó Jack.

—No lo sé —contestó Kathleen—. Según Merlín, para que ustedes estén a salvo necesitarán de la magia. ¿Trajeron la Vara de Diantus?

—Sí —contestó Jack. Abrió la mochila, sacó una vara plateada con forma de cuerno de unicornio y se la dio a Kathleen.

Ella cerró los ojos y la agitó como si en la mano tuviera un bastón. En un despliegue de luz y movimiento, la vara se convirtió en una pequeña flauta plateada.

—¡Guau! —exclamó Annie.

—¿Una flauta? —preguntó Jack.

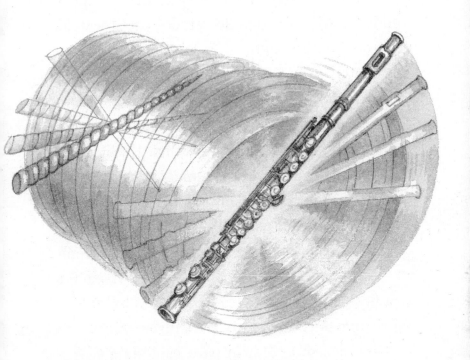

—Una flauta mágica —contestó Teddy—. Tocando este instrumento estarán a salvo del peligro.

—Pero ni Jack ni yo sabemos tocar la flauta —dijo Annie.

—No se preocupen —respondió Kathleen—. En el momento preciso sonará sola.

—Tan sólo soplen por la boquilla —explicó Teddy—. Mientras uno de ustedes esté tocando, el otro deberá inventar una canción. Lo que sea que canten se hará realidad.

—¡Genial! —agregó Annie, entusiasmada.

—Pero cuando la canción termine, la flauta también dejará de sonar —explicó Kathleen—. Sólo podrán utilizar la flauta mágica una vez, así que elijan el momento con sabiduría.

—¡Perfecto, entendido! —respondió Annie.

—¿Listos para partir? —preguntó Kathleen.

—Mm, espera —dijo Jack—. Invitación a una fiesta… flauta mágica… ¿Esto es todo? ¿No tienes que darnos un libro para investigar?

—El deseo de Merlín para este viaje es que confíen únicamente en su sensatez y talento propios —explicó Teddy.

—Ah, bueno —dijo Jack, no muy seguro de tener todas esas cosas.

—Para indicarle a la casa del árbol el destino señalen las letras de la invitación —comentó Kathleen.

Annie acercó el dedo a las palabras "Palacio de Verano", pero miró a sus amigos antes de pedir el deseo.

—Espero que volvamos a vernos muy pronto —dijo—. Denles nuestros saludos a Merlín y a Morgana cuando lleguen a Camelot.

—Y a Penny también —agregó Jack.

Teddy y Kathleen sonrieron.

—Así lo haremos —contestó Teddy.

Annie respiró hondo.

—Bueno, ¡deseamos viajar a este lugar! —proclamó—. ¡Al palacio de verano!

El viento comenzó a soplar.

La casa del árbol empezó a girar.

Más y más rápido cada vez.

Después, todo quedó en silencio.

Un silencio absoluto.

CAPÍTULO DOS

Ponte la peluca

Jack abrió los ojos y se miró la ropa. Llevaba puesto un chaquetón azul de terciopelo, un chaleco largo y un pantalón hasta las rodillas. Los zapatos eran negros con hebillas brillantes.

Al ver a Annie, se echó a reír. Las trenzas de su hermana, convertidas en gruesos rizos, parecían cigarros. Tenía puesto un vestido rosado de encaje, adornado con moños. Debajo, un enorme miriñaque y varias enaguas fruncidas alrededor le sostenían y desplegaban la falda.

—Parece que estás metida en un canasto —dijo Jack.

—Y tú pareces una anciana —contestó Annie,

señalando la cabeza de su hermano.

Jack alzó la mano y tocó el sombrero de terciopelo negro que llevaba puesto. Se lo quitó de inmediato, pero aún tenía algo más: una peluca blanca con rizos a los costados y una cola de caballo.

—¿Una peluca? —dijo, rascándose la nariz. Estornudó y apareció una nube blanca—. ¡No puedo usar esto! ¡Está lleno de polvo!

—Sí puedes —contestó Annie—. Si yo tengo que usar esto, tú tienes que usar eso —agregó, sacudiéndose el vestido.

—¿Pero por qué estamos vestidos así? —preguntó Jack.

—Porque vamos a ir a una fiesta lujosa en un palacio muchos años atrás en el tiempo —contestó Annie.

—Bueno, pero ¿dónde queda el palacio? —preguntó Jack.

Ambos se asomaron por la ventana. Habían aterrizado en una hilera de árboles que bordeaban una calle empedrada. Al final de la calle, varios

carruajes relucientes tirados por caballos esperaban aparcados junto a unos altos portales de hierro.

—Quisiera saber si el palacio está después de esa entrada —comentó Annie, señalando los portales.

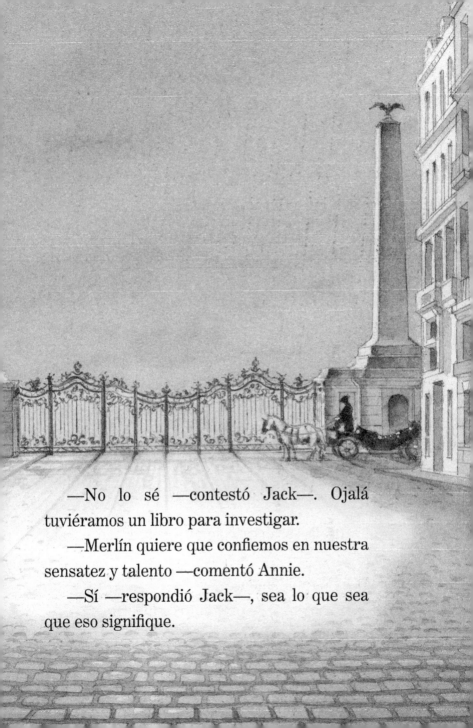

—No lo sé —contestó Jack—. Ojalá
tuviéramos un libro para investigar.

—Merlín quiere que confiemos en nuestra
sensatez y talento —comentó Annie.

—Sí —respondió Jack—, sea lo que sea
que eso signifique.

A lo lejos, sonaron campanas: tan, tan, tan, tan, tan.

—Cinco campanadas —dijo Annie—. ¿A qué hora es la fiesta?

Jack agarró la invitación.

—Cinco de la tarde —leyó.

—¡Ay, no! ¡Vamos a llegar tarde! —agregó Annie—. ¡Ponte la peluca!

Con toda rapidez, Jack se incrustó la peluca, el sombrero, y metió la flauta y la invitación en un profundo bolsillo del chaquetón.

Annie se aplastó un poco la falda para pasar por la pequeña abertura del piso de la casa del árbol.

—¡Qué difícil es bajar por esta escalera con este vestido! —dijo.

—¡Ten cuidado! ¡Ve despacio! —comentó Jack.

—¡Pero tenemos que apurarnos! —agregó Annie.

Saltó de la escalera colgante y aterrizó en el suelo.

Jack bajó rápidamente.

—¿Estás bien? —le preguntó a su hermana.

—Sí, estoy bien. Sólo me ensucié un poco —respondió ella, poniéndose de pie y sacudiéndose el vestido—. Preguntémosles a aquellos hombres dónde queda el palacio —sugirió señalando a los conductores de los carruajes—. ¡Apurémonos!

Annie empezó a correr. Su falda, como una campana gigante, se balanceaba frenéticamente de un lado al otro.

—¡No tan rápido! —dijo Jack, tratando de alcanzarla—. No puedes correr con esa falda, te ves ridícula. Además, antes de ir a la fiesta tenemos que hablar de nuestra misión.

—Es fácil —agregó Annie—, tenemos que buscar a un gran...

—Lo sé... a un artista —concluyó Jack—. ¿Pero cómo lo haremos?

—Eso lo resolvemos luego —dijo Annie—. Primero, busquemos la fiesta.

Los dos avanzaron hacia los lujosos carruajes aparcados junto a la entrada.

—¿Dónde está nuestra invitación? —preguntó Annie.

—Aquí —Jack sacó la elegante tarjeta del bolsillo.

—Disculpe —dijo Annie acercándose al cochero de un carruaje dorado tirado por dos caballos blancos—. Estamos buscando el palacio de verano. —Jack le mostró la invitación al hombre.

El cochero inclinó la cabeza, con gesto de aprobación.

—¡Ah, ustedes son invitados de la familia real! —comentó él—. ¿Pero por qué han venido caminando? ¿Dónde está su carruaje?

—Mm, nuestro cochero nos dejó allá atrás —explicó Annie, señalando la calle.

—Me temo que se apresuró en hacerlos bajar —comentó el hombre—, aún les queda una distancia larga para llegar.

—¿Ah, sí? —preguntó Annie.

—Sí —respondió el cochero—. Acabo de dejar a mi patrón y a su familia en el palacio. Estoy esperando a que termine la fiesta, pero si lo desean puedo llevarlos. La joven nobleza siempre debe llegar en carruaje.

—¡Ah, muchas gracias! —contestó Annie.

Jack, para parecer un noble, se paró derecho.

—Mi nombre es Josef. Venga, déjeme ayudarla —dijo el hombre tendiéndole la mano a Annie, que se acomodó sobre un mullido asiento de cuero.

Luego de ayudar a Jack, el amable cochero se sentó en su asiento detrás de los dos caballos blancos como la nieve.

—Guau, me siento como Cenicienta yendo al baile —le dijo Annie a Jack.

Josef agitó las riendas, los caballos avanzaron y los guardias abrieron los portones. El carruaje, repiqueteando sobre el empedrado, entró en una inmensa plaza.

La última luz del día coloreaba el lugar. Alrededor de una enorme fuente, caminaban varios monjes vestidos con túnicas marrones. Soldados con uniforme pasaban montados a caballo. Sobre el lado más lejano de la plaza había un largo edificio de brillantes paredes amarillas con docenas de ventanas, que brillaban con el reflejo del atardecer.

—¿Ese es el palacio de verano, señor? —le

preguntó Annie a Josef.

—Sí, así es —contestó él, mirando por encima del hombro—. ¡Y hay mucho más para ver! Detrás del palacio hay un jardín de más de ciento veinte hectáreas con fuentes, hermosas flores, huertos

con árboles frutales y un zoológico.

—¿Un zoológico? —preguntó Jack.

De pronto, se oyó una voz aguda y enérgica.

—¡Hola, niños! —Un carruaje azul se les adelantó. Por la ventanilla se asomó un niño con

peluca blanca que los llamaba. De repente, el pequeño señaló a Jack y empezó a reírse.

—¡Tu peluca está torcida! —chilló.

Antes de que el niño pudiera decir más, alguien lo sacó de la ventana y el carruaje azul se alejó a toda marcha.

—¡Qué niño tan molesto! —dijo Jack—. ¿Mi peluca está torcida?

—Un poco —contestó Annie. Le quitó el sombrero a su hermano y entre el balanceo y las sacudidas del viaje, trató de acomodarle la peluca—. Listo, ya está mejor —dijo ella.

Josef condujo los caballos hasta el frente del palacio. El carruaje se detuvo cerca de una escalera que daba a una terraza. El cochero ayudó a Annie y a Jack a bajar de sus asientos.

—Veo que esta es su primera visita al palacio —dijo—. En la entrada tendrán que mostrarle la invitación al guardia de uniforme rojo. Él los llevará a la fila de recepción.

—¿Fila de recepción? ¿Qué es eso? —preguntó Jack.

—Para ser presentados deben hacer una fila —dijo Josef.

—¿Presentados a quién? —preguntó Jack.

—A Su Majestad Imperial, María Teresa. Ella es Archiduquesa de Austria, Reina de Hungría, Croacia y Bohemia y Emperatriz del Santo Imperio Romano —explicó Josef.

—Ah, muy bien —dijo Annie.

"Sí, perfecto", pensó Jack. "¡Socorro!".

CAPÍTULO TRES

Su Majestad Imperial

—Gracias por tu ayuda, Josef —dijo Annie.

—Sí, muchas gracias —agregó Jack.

—Por nada —dijo el cochero—. Que se diviertan en la fiesta.

—Lo haremos —contestó Annie—. Adiós.

Mientras Josef subía a su carruaje, Annie miró a Jack.

—¡Esto es genial! —comentó ella.

"En realidad, no", pensó Jack, con las manos mojadas por la transpiración. No tenía ni idea acerca de cómo actuar ante Su Majestad Imperial,

¡Reina-de-vaya-uno-a-saber-cuántos-países!

—¿Qué hay que hacer y decir ante Su Majestad? —preguntó.

—Hagamos lo que hacen los demás —dijo Annie—. ¡Ven!

Así, avanzaron hacia la imponente escalera y subieron detrás de los demás invitados. Todas las mujeres llevaban puestos vestidos de fiesta, enormes miriñaques y joyas muy brillantes. Los hombres llevaban puestas pelucas blancas con rizos que caían sobre el cuello de sus largos chaquetones. Toda la ropa estaba confeccionada en seda, satén y terciopelo, en exquisitos colores y estampados.

—¡Oh, cielos! —exclamó Jack.

—¿Qué? —preguntó Annie.

—¡Ahí está el niño que me gritó! —agregó él.

El pequeño del carruaje azul estaba en lo alto de la escalera. Tenía puesta una chaqueta color lila con galones dorados. De uno de los costados, le colgaba una pequeña espada.

—¿Tiene una espada? —dijo Jack—. Qué ridículo, ese niño no puede tener más de cuatro o cinco años.

El pequeño se dio vuelta y, al ver a Annie y a Jack, la cara redonda se le iluminó con una gran sonrisa.

—Es adorable —comentó Annie, devolviéndole el saludo.

—No lo creo —añadió Jack.

Un hombre agarró al niño de la mano y lo llevó adentro del palacio.

—¿Y él pensaba que yo me veía gracioso? —preguntó Jack—. ¿Cómo está mi peluca?

Annie se echó a reír.

—Está torcida otra vez, y se te ven las orejas, espera —dijo.

Los dos se detuvieron en la escalera. Annie agarró la peluca de su hermano de los costados y le dio un buen tirón.

—Avancen niños. ¡Están retrasando la fila! —dijo una mujer que estaba detrás de ellos.

Annie se levantó un poco la falda y el miriñaque y, rápidamente, subió por la escalera con su hermano. Al llegar arriba, Jack volvió a sacar la invitación del bolsillo. Condujo a Annie al interior del palacio y le mostró la invitación a un guardia de uniforme rojo.

—Sigan la fila por el salón de las linternas y entren en el Gran Salón Rosa —explicó el guardia.

Jack vio una fila de gente que avanzaba por un salón iluminado con velas. Rápidamente, él y Annie se unieron a ellos. Allí sólo se oían murmullos y el roce de la seda.

Cerca de Annie y de Jack había una niña de vestido blanco con rosas rojas. Cuando la fila avanzó, Jack esperó a que la niña se moviera.

—No estoy en la fila —dijo ella, sonriente y con tono suave—. Espero a mi hermano.

Jack asintió con la cabeza y siguió adelante con Annie. Luego, estiró el cuello para poder echar un vistazo al Gran Salón Rosa. No pudo ver a Su Majestad Imperial, pero sí una gran parte del lujoso lugar: sillas de terciopelo rojo con borde dorado y relucientes paredes blancas.

Otro invitado entró en el Gran Salón Rosa y Annie y Jack se acercaron más a la puerta. Entonces Jack pudo ver a Su Majestad Imperial: una mujer alta y regordeta, que llevaba puesto un elegante vestido de seda azul con pliegues. Con sorpresa, Jack notó que el niño de la espada estaba sentado en el regazo de Su Majestad. Detrás de ella se veía una larga hilera de niños mayores.

—¿Quiénes serán esos niños? —le preguntó Jack a su hermana.

Annie se encogió de hombros.

—Son los hijos de Su Majestad Imperial: los niños imperiales —respondió la niña que había hablado con Jack.

—Gracias —contestó Annie.

—Los niños imperiales no parecen muy simpáticos —le dijo Jack a Annie, al oído. El pequeño de la espada era el único que sonreía.

—No debe de ser fácil estar parado ahí con esa ropa tan rígida y esas pelucas, recibiendo a tanta gente —susurró Annie.

—Prepárense, siguen ustedes —les dijo un sirviente a Annie y a Jack.

"¡Ay, no!", pensó Jack, que se había quedado mirando a los niños imperiales, en vez de atender a lo que hacían los invitados.

—¿Qué tenemos que hacer ante Su Majestad Imperial? —le preguntó Jack a Annie, muy nervioso.

—¡No lo sé! ¡Me olvidé de mirar! —contestó ella, y se dio vuelta para preguntarle a la niña del vestido blanco—. Disculpa, ¿puedes decirnos qué debemos hacer enfrente de Su Majestad Imperial?

La niña se acercó a Annie y le susurró al oído.

—Al entrar, digan sus nombres en voz alta. Después, caminen hasta el centro del salón. Tú harás una reverencia y él deberá inclinarse ante Su Majestad Imperial. Luego, deberán ir directamente hacia ella y repetir lo mismo.

—Entendido —dijo Annie.

—Ah, y recuerda… —le dijo la niña a Jack—, no te levantes del segundo saludo sin que Su Majestad Imperial te lo pida. Ni siquiera alces la vista. Sólo hazlo cuando ella diga "arriba". Después, camina hacia atrás para retirarte del salón

—¿Hacia atrás? —preguntó Jack.

—Sí. Jamás debes darle la espalda a Su Majestad Imperial —dijo la niña—. Eso se considera muy malos modales.

—¡Gracias! —dijo Jack, agradecido por la importante información.

El sirviente de la puerta les hizo un gesto. Annie y Jack entraron en el Gran Salón Rosa.

—¡Annie de Frog Creek! —dijo ella, en voz alta.

—¡Jack, también de Frog Creek! —dijo él, subiendo la voz.

Ambos caminaron lentamente hacia el centro del salón; Su Majestad Imperial y los niños imperiales los miraban con atención. El niño pequeño de la espada los saludó. Annie hizo una reverencia y Jack se inclinó bien hacia adelante.

Luego, los dos se acercaron a Su Majestad Imperial, una mujer con papada, frente muy amplia y un montón de rizos rubios. Jack le sonrió, pero la cara pálida de ella siguió igual de seria.

Annie volvió a hacer su reverencia y Jack se inclinó otra vez. Al hacerlo, recordó que incorporarse y alzar la vista antes de que Su Majestad Imperial se lo pidiera eran malos modales.

Jack se quedó mirando las brillantes hebillas de sus zapatos, esperando la orden imperial.

"Tal vez, no fue suficiente", pensó, inclinándose unas pulgadas más. Con horror, Jack notó que se le deslizaba la flauta mágica del bolsillo y caía al piso. Al recogerla, se le cayó el sombrero.

Los niños imperiales se rieron con disimulo.

Cuando Jack quiso agarrar el sombrero con la otra mano, ¡se le cayó la peluca! Al levantarla, le entró talco por la nariz y estornudó, pero con el lustre del piso terminó cayéndose de rodillas. Con todo en la mano, trató de volver a la posición de saludo, pero aún no había oído la palabra de Su Majestad Imperial.

Los niños imperiales se rieron a carcajadas. ¡Jack oyó que también Su Majestad Imperial se reía!

"Tal vez no puede hablar porque se está riendo mucho", pensó. No sabía qué hacer. La cara le hervía. "¡Tienes que salir de aquí!", dijo para sí.

Aún inclinado ante Su Majestad, Jack empezó a retroceder con pequeños pasos... hasta que chocó

con una pared.

Mientras los niños imperiales aullaban de risa,
Jack vio a Annie riéndose, a la entrada del salón.

Jack siguió retrocediendo hasta que chocó con su
hermana. Ella lo agarró de la chaqueta y lo sacó
del Gran Salón Rosa.

Los niños imperiales aplaudían y festejaban. Jack oyó que una de las niñas decía entre carcajadas: "¿Quién era ese tonto?".

—¡Era Jack de Frog Creek! —contestó el pequeño de la voz chillona, y todos se echaron a reír otra vez.

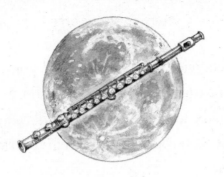

CAPÍTULO CUATRO

¡Jack de Frog Creek!

Annie casi no podía mantenerse en pie de tanto reírse.

—¿Qué-qué te pasó? —le preguntó a Jack—. Yo hice la reverencia y me retiré, pero al mirar hacia adentro, ¡todavía estabas inclinado ante Su Majestad!

—¡Ella no dijo "arriba"! —contestó Jack.

—¡Sí lo dijo, tonto! —insistió Annie.

—¡Pero yo no la escuché! —respondió Jack, y se alejó con la rapidez de un rayo. Atravesó un lujoso salón y entró en otro. No sabía dónde estaba.

"Estos salones son todos iguales", pensó enojado, "todos con estos estúpidos muebles de terciopelo y estas estúpidas paredes con bordes dorados".

—¡Jack, espera! —gritó Annie, corriendo tras su hermano.

Él, desesperado por abandonar la escena del desastre, siguió adelante, hasta que finalmente atravesó una puerta que daba a una amplia terraza de mármol. Desde allí se veía la parte trasera del palacio. Una luna llena y plateada brillaba sobre un enorme jardín.

Jack trató de calmarse con el aire frío de la noche. Sofocado, respiró profundo, deseando correr a la casa del árbol para regresar a su hogar.

—¡Jack! —Annie salió a la terraza—. Perdóname, no sabía lo que decía. ¿Estás bien?

—¡No escuché a Su Majestad decir esa maldita palabra! ¡La flauta se me deslizó de la chaqueta, se me cayó el sombrero y después la peluca... y estornudé y, encima, me resbalé...! Vámonos. Bajemos por estas escaleras.

—No, no podemos irnos ahora —dijo Annie—.

Tenemos una misión de Merlín que cumplir. No te sientas mal. Casi nadie se dio cuenta de lo que pasó.

—Sí, excepto Su Majestad Imperial y todos esos niños imperiales —dijo Jack—. Todos se rieron de mí.

—No fue por maldad, te veías muy gracioso —comentó Annie—. Ven, déjame ayudarte.

Jack dejó que su hermana le colocara la peluca.

—Ahora, tu sombrero —dijo Annie.

Jack se lo dio y ella se lo acomodó con cuidado.

—Esconde la flauta —agregó Annie.

Jack volvió a meter la flauta plateada en el bolsillo.

—No sé para qué necesitamos este instrumento —se quejó—. Aquí no hay ningún peligro. ¿Para qué es esta misión? ¡No entiendo!

—Ya lo averiguaremos —dijo Annie, casi obligando a Jack a entrar en el palacio.

—¿Y ahora qué haremos? —preguntó él.

—Deberíamos ir a la fiesta a la que estamos invitados. Seguro que Merlín quiere que hagamos eso —dijo Annie, mirando a toda la gente que salía por varias puertas para entrar en otro salón. Al parecer, de este último venía todo el ruido del festejo: invitados conversando, tintinear de vajilla y música de arpa y violín.

Jack quiso irse, pero Annie lo agarró del brazo.

—No te preocupes, seguro que con tanta gente vamos a pasar desapercibidos —comentó ella.

—Pero... ¿y todos esos niños y Su Majestad Imperial? —insistió Jack.

—Ellos no están pensando en nosotros ahora. Tienen demasiados invitados. Ven conmigo. —Annie llevó a Jack al salón de fiesta.

—Caramba —exclamó él. Ambos se quedaron inmóviles, con la boca abierta.

El lugar era tan grande como un campo de fútbol. Los techos altísimos estaban decorados con pinturas gigantes. Todo estaba ribeteado en oro. En las relucientes paredes blancas y en los altos espejos se reflejaban cientos de velas.

Los músicos tocaban el arpa y el violín mientras un centenar de invitados, amontonados alrededor de largas mesas, reían y conversaban. Las mujeres se abanicaban y sus joyas resplandecían a la luz de las velas. El aire olía a perfume, talco y rosas.

—¡Bien! Hablemos de nuestra misión —sugirió Annie—. Tenemos que ayudar a un gran artista a que encuentre el camino para darle alegría al mundo.

—Sí, pero para ayudarlo, primero tenemos que encontrarlo —agregó Jack.

—Correcto, empecemos a buscar —propuso Annie.

Ambos se mezclaron entre la gente del gran salón. Jack observó a los invitados; vestidos de gala, casi todos se parecían.

"¿Cómo podré distinguir a un gran artista?", se preguntó.

—¡Jack de Frog Creek! —dijo una vocecita chillona.

"¡Ay, no!", pensó Jack, dándose la vuelta.

El pequeño de la espada le sonreía con entusiasmo.

—¡Estuve buscándote por todos lados! —le dijo.

—¡Hola! —dijo Annie—. ¿Cómo te llamas?

—Wolfie —respondió el niño.

—Qué nombre tan divertido —comentó Annie.

—¡Igual que Jack de Frog Creek! —agregó el pequeño, que miraba a Jack con ojos chispeantes—. ¿Eres un payaso? —le preguntó.

Annie se rio.

—Sí, así es, soy un payaso —contestó Jack.

—¿Cuántos años tienes, Wolfie? —preguntó Annie, cambiando de tema.

—¡Seis! —respondió él.

—¿Seis? —preguntó Jack, pensando que el niño parecía de cuatro años, cinco como mucho.

—Yo tengo once —dijo una niña.

Jack no había notado que ella estaba detrás de Wolfie. La joven llevaba puesto un vestido blanco con rosas rojas. ¡La misma que los había ayudado en la fila!

—¡Hola! —dijo Annie.

—Hola, otra vez —contestó la niña con voz suave y dulce—. Soy la hermana de Wolfie.

Jack sintió que le hervía la cara. Seguro

que lo niña lo había visto hacer el ridículo.

—Mi nombre es Nannerl —dijo ella.

—¿Nan-nerl? —preguntó Annie, tratando de pronunciarlo.

La niña sonrió.

—Si quieres puedes llamarme Nan —dijo ella—. Todos nos divertimos mucho con tu actuación en el Gran Salón Rosa, Jack. Tienes que estar orgulloso. Su Majestad Imperial no se ríe fácilmente.

Jack se encogió de hombros y se rascó la peluca. No sabía si la niña bromeaba. Sin embargo, ante la seriedad de ella, prefirió no decirle que no había querido parecer gracioso.

—¿A tu madre la llamas Su Majestad Imperial? —le preguntó Annie a Nan.

—No —respondió ella, confundida.

—¡La llamamos mamá! —contestó Wolfie.

—Pero acabas de decir que Su Majestad Imperial no se ríe a menudo —agregó Annie.

—¡Su Majestad Imperial no es nuestra madre! —explicó Nan—. Nuestra madre está en casa, en Salzburgo. Nosotros sólo vinimos a visitar el palacio.

—¿Y entonces por qué Wolfie estaba sentado sobre el regazo de Su Majestad Imperial? —preguntó Annie.

—¡Porque ella me quiere mucho! —intervino Wolfie.

"Ay, cielos", pensó Jack.

—¡Wolfie, no seas presumido! —dijo Nan sacudiendo la cabeza—. En realidad, él saltó sobre las rodillas de la reina cuando nos presentamos. Yo traté de detenerlo, pero Su Majestad Imperial quiso que Wolfie se quedara con ella.

—¿Y los otros niños sí son imperiales? —preguntó Annie.

—Oh, sí —respondió Nan—. Antes de venir aquí, papá me enseñó todos sus nombres: Leopoldo, Fernando, Maximiliano, José, María Antonieta, María Carolina, María Josefa, María Amelia, María Isabel, María Cristina, María Juana y María Ana.

—Mm, María es un nombre muy popular aquí —comentó Jack.

Nan se rió. A Jack empezó a gustarle hacerla reír.

—¡Eh, mírenme! —dijo Wolfie. Se sacó la peluca, fingió un estornudo y se tiró al piso. —¡Soy Jack el payaso!

—Ja-ja. Muy gracioso —comentó Jack, con una sonrisa forzada.

Estaba harto de Wolfie.

—Nan, tenemos que hacerte una pregunta —agregó Annie—. ¿Sabes si hay artistas importantes en la fiesta?

—He estado poco en Viena y no conozco a mucha gente —explicó Nan—, pero papá me dijo que los artistas viven en…

—¡Esperen! —dijo Wolfie, poniéndose de pie—. Conozco a alguien de aquí que es un artista brillante.

—¿Quién es? —preguntó Annie.

—¡Yo! —respondió Wolfie, inclinándose hacia adelante.

—¡Wolfie! —dijo Nan, sacudiendo la cabeza.

—Bueno, ¿qué ibas a decir, Nan? —preguntó Jack.

Pero Wolfie volvió a interrumpir.

—Nan y yo somos dos artistas brillantes. Nuestro papá nos enseña matemáticas, historia, escritura, lectura, geografía, música, dibujo, equitación, esgrima y baile. —Y levantó los brazos para hacer un paso de danza.

Annie se echó a reír.

—¡Wolfie, basta! —dijo Nan.

"Sí, ya es suficiente, niño", pensó Jack.

—¿Quieren ir a jugar al jardín? —preguntó el pequeño—. ¡Podemos bailar!

—Creo que no, Wolfie. Pero muchas gracias —contestó Jack—. Bueno, ¿qué decías de los artistas?

—Ah, sí, papá me dijo que Su Majestad Imperial a menudo invita a los artistas a vivir y trabajar en el palacio.

—¡Perfecto! —contestó Jack.

—¿Crees que hay alguno de ellos en la fiesta? —preguntó Annie.

—No lo sé —contestó Nan—. El palacio es muy grande. Papá nos dijo que aquí viven más de mil quinientas personas. ¿Para qué buscan a esos artistas?

—Ah, es por… una misión para…

—… para celebrar con artistas reconocidos —concluyó él, interrumpiendo a Annie—. Esa es nuestra misión —agregó.

Pero luego se rio porque se dio cuenta de que había quedado como un tonto.

Nan también se rio.

—Ya veo —dijo—. Muy bien. En la cena, le voy a preguntar a papá dónde se hospedan los artistas.

—¡Gracias! —agregó Jack. Y pensó: "Por fin, ¡la misión Merlín va a comenzar!".

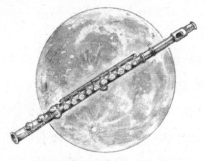

CAPÍTULO CINCO

Malos modales

Uno de los sirvientes tocó una campana y el resto de ellos comenzó a entrar con bandejas de plata.

—Es hora de cenar —dijo Nan—. Ven, Wolfie, hay que buscar a papá.

Y ayudó a su hermano a ponerse de nuevo la peluca.

—Pero yo quiero quedarme con Annie y Jack —lloriqueó Wolfie—. Quiero jugar con ellos en el jardín.

—Ahora no —contestó Nan, agarrando a su hermano de la mano—. Fue un placer hablar con ustedes —les dijo a Annie y a Jack—. Espero que podamos verte actuar algún día, Jack —añadió.

Jack sonrió a la fuerza.

—Mm, sí, gracias. Ah, y cuéntanos qué dice tu papá acerca de los grandes artistas que viven en el palacio. Después podríamos encontrarnos en la entrada del salón —sugirió Jack.

—Sí, los veremos después de cenar —respondió Nan.

—¡Y después iremos a jugar en el jardín! —dijo Wolfie.

—No, nosotros tenemos otras cosas que hacer, Wolfie, ¿recuerdas? —agregó Nan—. Ven conmigo. —Y agarró al pequeño de la mano.

—Pero yo quiero jugar con Jack el payaso —gimoteó Wolfie.

Annie y Jack se quedaron mirando a Nan y a Wolfie hasta que desaparecieron en medio de toda la gente.

—Yo no soy un payaso —dijo Jack, enojado.

—No te preocupes, Wolfie te admira, de veras —comentó Annie.

—Qué suerte tengo —agregó Jack.

La campana sonó otra vez y la gente empezó a

acercarse a las mesas.

—¿Dónde podremos sentarnos? —le preguntó Annie a Jack.

—En cualquier lado, pero no muy a la vista de todos. —Jack quería esconderse de los niños imperiales—. Mira esa mesa, al final del salón, la que está junto a la puerta —agregó.

—De acuerdo —dijo Annie.

Jack empezó a caminar hacia la mesa.

—Agarremos los lugares ahora que podemos —dijo.

Mientras la gente reía y conversaba de pie, Annie y Jack ocuparon dos asientos. En el centro de la mesa, humeaban las bandejas y los platos con guiso de carne, puré de papa, salchichas, pasteles rellenos, repollo, manzanas sazonadas y pan de jengibre.

A Jack se le hizo agua la boca. No tenía idea de que estaba tan hambriento.

—Bueno, este será nuestro plan… —le dijo a Annie—. Comamos primero y cuando Nan nos diga dónde viven los artistas nos pondremos a trabajar.

—Disculpen, joven señor y joven dama —dijo

alguien, bruscamente.

Annie y Jack se dieron vuelta y una pareja de ancianos los miraban, enfurecidos.

—La emperatriz es quien organiza la ubicación de cada invitado —dijo el hombre—. Les aseguro que estos no son sus asientos.

—Además —agregó la mujer—, nadie se sienta antes que Su Majestad Imperial.

Annie y Jack se pararon de un salto.

—¡Ay! —exclamó Annie.

—¡Perdón! —dijo Jack.

—Tiene razón, discúlpennos —añadió Annie.

Al instante, ambos se alejaron de la mesa.

—¡Qué malos modales! —comentó Annie.

—¿Quiénes? ¿Nosotros o ellos? —preguntó Jack.

—Nosotros —contestó Annie—. ¿Dónde estarán nuestros asientos?

—Me parece que no estamos en la lista de invitados de la emperatriz —comentó Jack. La cara le hervía otra vez, la peluca estaba dándole una picazón feroz.

De pronto, todo el salón quedó en silencio. El arpa y el violín ya no se oyeron. Todo el mundo dejó de hablar.

Su Majestad Imperial había entrado por la puerta doble principal. Con los niños imperiales detrás de ella, avanzó hasta la mesa central del salón.

—Tenemos que salir urgentemente de acá —le susurró Jack a Annie—. Vamos a ser los únicos que se quedarán parados.

—Como en el juego de las sillas —comentó Annie.

—Exacto —respondió Jack—. Olvídate de la cena. Vayamos a averiguar dónde se hospedan los artistas. No podemos esperar a que Nan le pregunte a su padre.

Mientras los invitados se ubicaban, Annie y Jack caminaron rápidamente hacia la puerta.

—¡Jack el payaso! —se oyó de repente.

Jack miró por encima del hombro. Wolfie lo saludaba desde una de las mesas.

Annie le devolvió el saludo.

—¿Qué haces? ¡No te detengas! —apremió Jack,

agarrando a su hermana de la mano para sacarla del salón de fiestas. Se metieron en otro salón, también muy lujoso, con muebles tapizados con terciopelo rojo y paredes decoradas con oro.

—Sigue caminando —añadió Jack, dirigiéndose hacia otro elegante salón.

—¡Annie, Jack, esperen! —oyeron un grito.

—¡Es Wolfie! —dijo Annie.

—¡Maldición! —Ambos entraron en el salón y Jack cerró la puerta de inmediato—. ¡Vamos, apúrate!

—No podemos hacer esto, no está bien. Tenemos que esperarlo —dijo Annie.

—Pero él va a retrasar la misión —agregó Jack—. ¿Cuándo vamos a empezar?

—Cálmate —respondió Annie—, le diremos que no podemos esperarlo porque tenemos que hacer algo importante.

—Está bien —resopló Jack.

—¡Annie! ¡Jack!

Jack abrió la puerta.

Wolfie corrió hacia él.

—¡Aquí están! —dijo el pequeño sonriendo—. ¡Estaba buscándolos!

—Ah, ¿de veras? —agregó Jack.

—¡Sí! —respondió Wolfie—. ¿Se iban?

—Todavía no, pero tenemos que hacer algo importante —explicó Jack—. Y no puedes venir con nosotros.

A Wolfie se le borró la sonrisa.

—Perdón —dijo Jack.

—Pero yo quiero que vengan a jugar conmigo al jardín —insistió el pequeño.

—Ahora no —contestó Jack—. Wolfie, escúchame con atención. Annie y yo tenemos que hacer algo muy importante. Y sólo podemos hacerlo nosotros dos solos.

A Wolfie empezó a temblarle el labio inferior.

"Ay, no", pensó Jack, "va a ponerse a llorar".

Una lágrima rodó por la mejilla del pequeño.

—Ay, Wolfie, no llores —dijo Annie, con dulzura.

—¡Wolfie! ¡Wolfie! —llamó alguien. De golpe, Nan entró en el salón—. ¿Qué estás haciendo aquí? Papá está muy enojado.

—Quiero jugar con Jack y Annie —dijo Wolfie, y soltó otra lágrima.

—¡Por favor, Wolfie! —suplicó Nan—. Ya sabes que esta noche tienes un compromiso importante. Tienes que…

—¡No! —lloriqueó Wolfie, pateando el piso—.

¡No, no y no! ¡Nunca puedo jugar!

—¡Wolfie, basta! ¡No seas así! —insistió Nan—. ¡Termina ya! ¡Vas a matar a papá!

—¡Wolfie! ¡Wolfie! —dijo una voz grave.

—¡Está aquí, papá! —respondió Nan—. Ven, Wolfie. —Agarró a su hermano de la mano pero él se soltó.

—¡No! ¡Quiero jugar! —gritó él y salió corriendo del salón.

—¡Wolfie! —Un hombre corpulento, con peluca, entró por otra puerta—. ¿Dónde está? ¿Dónde está mi hijo?

—¡Oh, papá, Wolfie salió corriendo! —dijo Nan.

—¿Se escapó? —El hombre levantó las manos, desesperado—. ¡Debemos encontrarlo! —gritó, con voz ahogada.

—¡Papá, cálmate! —dijo Nan.

—¡Sin él estamos perdidos! —se quejó el padre y salió corriendo del salón.

—¡Papá! ¡Papá! —gritó Nan, siguiendo a su padre.

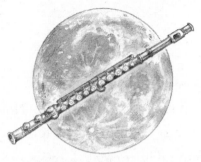

CAPÍTULO SEIS

Bajo la luna

—¡Santo cielo! —suspiró Jack—. Esa familia tiene problemas.

—Tal vez tendríamos que ayudarlos —comentó Annie.

—No, no podemos —dijo Jack—. Nosotros tenemos nuestro propio problema. Tenemos que empezar a trabajar en la misión. ¡Maldición! Debería haberle preguntado al padre de Nan por los artistas del palacio.

—Creo que está demasiado alterado para hablar de eso ahora —comentó Annie.

—Tienes razón —agregó Jack—. Mejor busquemos a alguien amable que trabaje aquí para preguntarle.

—Sí, vamos —añadió Annie.

Mientras iban hacia la puerta, Nan entró de golpe en el salón.

—¿Regresó mi hermano? —preguntó ella.

—Pues no —contestó Annie.

—¡Ay, Dios! Papá se va a morir si Wolfie no aparece a tiempo —dijo Nan, al borde del llanto—. ¿Pueden ayudarnos a buscarlo, por favor?

—Bueno, nos encantaría, de verdad —respondió Jack—, pero…

—¡Por favor! —rogó Nan—. ¡Se lo suplico!

—Está bien, lo haremos —dijo Jack, suspirando.

—¡Gracias! —respondió Nan—. El palacio es tan grande... Yo iré por este camino, ustedes vayan por allá. ¡Seguro alguno de nosotros lo encontrará!

Y salió corriendo del salón.

—Apuesto a que Wolfie está en el jardín —comentó Annie—. ¿Recuerdas cómo insistía en ir a jugar allí?

—Ah, sí. Creo que el jardín está debajo de aquella terraza. Allí fui cuando todos se rieron de mí —dijo

Jack—. Ven, sígueme.

Volvieron a pasar por uno de los elegantes salones y entraron en la fiesta. Allí, todo el mundo estaba sentado, cenando y conversando en voz muy alta. Annie y Jack atravesaron el lugar tan rápidamente que nadie los vio.

En la terraza, el aire estaba frío pero agradable. Jack se quitó el sombrero y luego la peluca para poder rascarse.

Annie contempló el jardín iluminado por la luna llena.

—¿Crees que este es el lugar del que hablaba Wolfie? —preguntó ella.

El reflejo de plata de la luna brillaba sobre una enorme plaza, llena de fuentes y canteros con flores, bordeada por árboles. El sonido de los grillos llenaba la noche.

—Quizá —respondió Jack—. ¡Wolfie! ¡Wolfie!

No hubo respuesta.

—Bajemos a buscarlo —sugirió Annie.

Jack dejó el sombrero y la peluca y bajó por la escalera de piedra, siguiendo a su hermana.

Mientras caminaban por el jardín, un extraño sonido vino desde los árboles: ¡UEE-UE-UE!

—¿Qué fue eso? —preguntó Jack.

De repente, dos criaturas se precipitaron desde los árboles.

—¡Ahhh! —exclamó Jack.

—No te preocupes —dijo Annie—. Son una ardilla y un gato.

La ardilla corrió hacia los canteros y el gato la siguió.

—Sí, pero ¿qué fue ese sonido que vino de los árboles? —preguntó Jack—. Jamás oí a una ardilla o a un gato hacer un sonido así.

Otro sonido se oyó justo detrás de los árboles: ¡UP-UP-IP-IP!

—¿Qué fue eso? —pregunto Jack.

—Debe de ser un búho —contestó Annie.

—Jamás oí a un búho hacer semejante sonido —comentó Jack—. ¿Y tú?

¡KIR-LUU! ¡KIR-LUU!

—¡Cielos! ¿Qué fue eso? —preguntó Annie.

—No lo sé. Detrás de esos árboles, parece que

hay una selva —contestó Jack.

—¡Wolfie! —chilló Annie.

No hubo respuesta. El viento sacudió las copas de los árboles. El chirrido de los grillos se oyó con más fuerza.

—Este lugar es muy raro, mejor entremos —recomendó Jack—. No creo que Wolfie esté por acá.

—Espera un minuto —dijo Annie—, creo que acabo de oírlo.

Hicieron silencio. De repente, un quejido débil vino de los árboles.

—¡Annie! ¡Jack!

—¡Wolfie está ahí! —dijo Annie. Levantándose un poco la falda, avanzó por el jardín y desapareció por un sendero que iba directo a los árboles—. ¡Wolfie!

—¡Annie, espera! —le dijo Jack. Pero luego…

¡UP-UP-IP-IP!

Jack se quedó inmóvil. Estaba seguro de que eso no era un búho.

¡IIIIIII-IIIIII!

"¿Será el grito de Annie?", se preguntó Jack.

—¿Annie? —gritó. Corrió por el jardín plateado por la luna y bajó por el sendero hacia los árboles. Luego, se detuvo—. ¿Annie? —llamó otra vez.

¡IIIIIII! ¡IIIIIII! Algo descendió de una rama y aterrizó en el sendero.

—¡Ahhh! —exclamó Jack, saltando hacia atrás. ¡Parecía un babuino! ¡IIIIII! ¡IIIIIII! ¡El animal se alejó saltando!

¡KIR-LUU! ¡KIR-LUU! Jack miró hacia arriba. Por encima de su cabeza planeaba una grulla inmensa. ¡KIR-LUU! ¡KIR-LUU!

¡UEEE-UE-UE! Un pavo real coronado abanicaba las plumas verdes y doradas de la cola, bajo la luna.

"¿Qué está pasando?", pensó Jack. "¡Esto es muy extraño!".

¡UEEE-UEE! gritó el pavo otra vez.

Jack oyó un crujido. Entre los árboles, algo empezó a moverse mientras resoplaba, gruñía y rugía. Y, de repente, en el sendero apareció un oso gigante que, parado sobre las patas traseras, medía unos diez pies.

—¡Hola! —exclamó Jack, casi sin voz.

El oso gruñó otra vez. Y avanzó hacia Jack arañando el aire con las enormes garras.

Jack empezó a retroceder. Luego, dio media vuelta y echó a correr. Mientras esquivaba los árboles, podía escuchar al oso que lo perseguía, quebrando las ramas a su paso.

Luego, ¡UP-UP-IP-IP!

Un animal parecido a un perro salió al encuentro de Jack en el sendero. Él lo reconoció de inmediato. Era una hiena. ¡Ya habían visto ese tipo de ejemplares en la llanura africana!

"Pero, ¿qué está pasando?", se preguntó Jack. "¿De dónde vienen estos animales?".

—¡Jack! ¡Por acá! —gritó Annie, escondida detrás de un árbol.

Él corrió y se acurrucó junto a su hermana. Aún podía oír al oso gruñendo y aplastando los arbustos.

—¡Me persigue un oso gigante!

—¡Ya sé! ¡A mí también! —agregó Annie.

—¡Vi un babuino, una hiena y un pavo real! —balbuceó Jack—. ¿Qué sucede?

—¡No lo sé! —susurró Annie—. ¡Mira!

Un avestruz saltó de atrás de un tronco. Y más atrás, una gacela se detuvo delicadamente en el sendero, mirando de un lado al otro.

Entonces, el pavo real apareció en escena abanicando las luminosas plumas.

—Es como si hubiera un zoológico entre los árboles —dijo Jack.

—¡Claro! ¡Eso es! —afirmó Annie.

—¿Qué quieres decir? —preguntó Jack.

—¡El zoológico! ¡Vienen de ahí! —comentó Annie—. ¿Recuerdas que el cochero dijo que en el palacio había uno?

—¡Pero los zoológicos tienen jaulas! —agregó Jack—. ¡Los animales no andan sueltos!

—¡Annie! ¡Jack! —La voz del Wolfie se oyó cerca.

—¡Es él! —dijo Annie—. Apuesto a que Wolfie dejó salir a los animales de las jaulas.

—¡Socorro! —gritó el pequeño.

—Cielos, este niño está loco —comentó Jack.

—Ya lo sé, pero tenemos que ayudarlo —agregó Annie, recogiéndose la falda. Ella y Jack abandonaron su escondite y caminaron cuidadosamente por el sendero.

—¡Jack! ¡Annie! ¡Ayúdenme!

Ambos avanzaron por entre las sombras de la noche. De repente, Annie, con la boca abierta, señaló a lo alto de unas ramas. Wolfie estaba sentado allí.

Debajo, un animal de piel manchada, agazapado, miraba hacia arriba.

—¡Un leopardo! —susurró Jack.

El animal rugía con furia mirando a Wolfie.

CAPÍTULO SIETE

Sígueme

—¡No te acerques! —le gritó Wolfie al leopardo—. ¡Tengo una espada! ¡Y no tengo miedo de usarla!

—¡Oh, cielos! —susurró Jack.

La diminuta espada de Wolfie no representaba ninguna amenaza para el enorme animal. Pero si Jack y Annie aparecían de golpe para rescatar al pequeño, el leopardo podría saltar y atacarlo.

Annie tocó con el codo a Jack, señaló el bolsillo de la chaqueta de él, simulando tocar la flauta y colocó las manos frente a la boca.

¡Jack se había olvidado de su flauta mágica! De golpe, recordó las palabras de Teddy: "Tocando este instrumento estarán a salvo del peligro".

"¿Pero qué puede hacer esta simple flauta?", se preguntó Jack. "¿Cómo hará para ayudarnos?".

De todos modos, metió la mano en el bolsillo y sacó el instrumento.

—Toca…, sopla por la boquilla —murmuró Annie—. Yo inventaré una canción. Recuerda, todo lo que yo cante se hará realidad.

Jack asintió con la cabeza y alzó el instrumento mágico que brillaba a la luz de la luna. No sabía bien cómo sostenerlo, pero confió en que eso no fuera importante. Cerró los ojos y, suavemente, sopló por la boquilla.

¡Del interior de la flauta comenzó a salir una melodía! El nítido sonido flotó por el aire como una pluma en el viento. La música era simple pero bella.

Annie comenzó a cantar:

Eh, tú, leopardo manchado,
quédate ahí, no des un paso.

El animal volteó la cabeza, miró a Jack y a Annie, y paró las orejas.

Obedéceme, sígueme a mí,
a mí y también al payaso.

"¿Payaso?", pensó Jack. "¿Ese soy yo?".

Las palabras que Annie había elegido no le gustaron demasiado, pero no tenía tiempo para pensar en eso. De repente, el leopardo se levantó y empezó a caminar hacia ellos.

Jack se asustó tanto que estuvo a punto de huir, pero no se atrevió. Sabía que en cuanto dejara de tocar la flauta, la magia terminaría.

Annie le tiró de la manga a su hermano y ambos empezaron a caminar despacio por el sendero, de regreso al palacio. El leopardo, como hipnotizado, los siguió mansamente, mientras Annie cantaba:

Eh, tú, niño travieso,
da un salto, hazme caso...
obedéceme, sígueme a mí,
a mí y también al payaso.

Con valentía y sin decir una palabra, Wolfie

saltó del árbol. Luego, siguió al leopardo, a Jack y a Annie. Así, todos avanzaron por el sendero, entre los árboles. Jack ignoraba por completo hacia dónde estaban yendo. Sólo sabía que debía seguir tocando, Annie tenía que seguir cantando y todos debían seguir avanzando.

De repente, oyó un ruido de ramas que se quebraban y luego, bufidos y graznidos. El oso gigante apareció ante ellos. Sin embargo, Jack continuó tocando y Annie cantando:

> *Eh, tú, oso aparatoso,*
> *no me asusta ya tu zarpazo,*
> *obedéceme, sígueme a mí,*
> *a mí y también al payaso.*

El gigantesco animal siguió a Jack, a Annie, al leopardo y a Wolfie por el sendero. La luna se veía cada vez más y más brillante. ¡Y la magia de la música hizo que la noche se viera casi tan clara como el día!

De pronto, la risa de la hiena estalló en la noche,

¡UP-UP-IP-IP!, y ella salió de atrás de uno de los árboles.

Jack siguió tocando y Annie continuó cantando:

Eh, tú, hiena risueña,
de camino falta un pedazo,
obedéceme, sígueme a mí,
a mí y también al payaso.

La hiena se unió al desfile.

Más y más animales fueron apareciendo: la gacela, el avestruz y el pavo real. Annie siguió cantándoles mientras Jack tocaba la flauta mágica:

Eh, tú, gacela, y tú, avestruz,
y tú, pavo con plumas de raso,
obedezcan, síganme a mí,
a mí y también al payaso.

Todos los animales se sumaron a la caravana. Jack oyó a Wolfie reírse a carcajadas. Se dio vuelta y vio al niño, sonriente, balanceando los brazos, simulando dirigir la música mágica.

Jack siguió tocando y Annie continuó cantando:

Todas las criaturas aladas,
vuelen con esta canción.
Los animales con patas,
caminen marcando el paso.
Todos aquellos que reptan,
todos, todos háganme caso,
obedezcan, síganme a mí,
a mí y también al payaso.

Babuinos y conejos, reptiles y ardillas, lagartos y zorros; todos los animales del bosque, los más comunes y los más exóticos, siguieron a Annie y a Jack. Del otro lado de la ancha plaza, las velas brillaban en las ventanas traseras del palacio. Jack se preguntaba hacia dónde debían llevar a todas las criaturas. ¿Dónde estaría el zoológico? ¿Cómo iba a meter a los animales en las jaulas?

Pero Annie tuvo otra idea mientras cantaba:

A sus bosques y llanuras,
donde son libres de vagar,

a sus tierras lejanas y cercanas,
vayan a casa, hay que descansar...
vayan a casa, hay que descansar...
vayan a casa, hay que descansar...

Mientras Annie cantaba los últimos versos, una y otra vez, los animales fueron desvaneciéndose. El leopardo, el oso, la hiena, el avestruz, la gacela, el pavo real, el babuino y la grulla, todos desaparecieron. Los que pertenecían al bosque se quedaron.

Annie dejó de cantar, Jack dejó de tocar y Wolfie dejó de mover las manos. La luz brillante volvió al tenue resplandor de la luna y los gatos, ardillas y conejos huyeron a sus cuevas. El jardín volvió a su calma habitual. Sólo se oía el chirrido de los grillos.

—¿Adónde fueron los animales salvajes? —preguntó Wolfie.

—A sus casas —contestó Annie, con naturalidad.

Jack volvió a guardar la flauta en el bolsillo y suspiró aliviado.

—Buen trabajo —le dijo a su hermana—. Pero

¿tenías que seguir llamándome payaso?

—Perdón, es que payaso rima con tantas cosas. —Annie se rio.

—Me alegra que se hayan ido a sus casas —dijo Wolfie—. Quería que fueran libres.

—Oye, Wolfie —dijo Jack—. Nunca más, jamás sueltes a los animales del zoológico. ¡Alguien podría salir lastimado!

—¡Lo siento! —contestó el niño—. Prometo no volver a hacerlo. Pero ¿cómo hicieron para que ellos los siguieran?

—No lo hicimos nosotros —respondió Annie—. Fue nuestra música.

—¿Hicieron magia? —preguntó Wolfie.

—Sí, en realidad, sí —contestó Annie.

—La música es mágica —comentó Wolfie, pensativo—. Yo amo la música.

—Genial —dijo Jack.

—¡Adoro la música! —añadió Wolfie.

—Ah…, qué bien —agregó Jack.

—¡Amo la música más que a nada en el mundo! —dijo Wolfie girando como un trompo, aplaudiendo y bailando con alegría.

"¡Qué niño tan extraño!", pensó Jack.

Mientras el pequeño se divertía, sonó el reloj del palacio: tan, tan, tan, tan, tan, tan, tan.

—Siete —dijo Annie—. Son las siete en punto.

Wolfie se detuvo y casi se cae al piso mareado.

—¡Oh, no! ¡Debo irme! ¡Llegaré tarde! ¡Vengan conmigo! ¡Tienen que venir conmigo! —insistió, agarrando a Annie y a Jack de la mano.

—De acuerdo —dijo Jack. "¿Por qué está Wolfie tan nervioso?", se preguntó.

—¡Apúrense! ¡No debo llegar tarde! —chilló el niño.

—¿Tarde para qué? —preguntó Jack.

Antes de que el pequeño contestara, alguien lo llamó.

—¡Wolfie! ¿Dónde estás? —Era Nan, que estaba parada en la terraza trasera del palacio. —¡Wolfie! —llamó otra vez.

—¡Ya voy! —gritó él—. ¡Pobre Nan! ¡Está esperándome! ¡El mundo entero está esperándome!

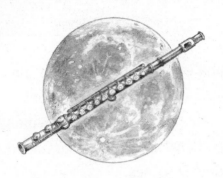

CAPÍTULO OCHO

El Salón de los Espejos

Wolfie salió corriendo hacia el palacio.

—¿El mundo entero? No lo creo —comentó Jack.

Annie sonrió.

—Ven, entremos —dijo.

Bajo la luna, ambos caminaron con rapidez hacia el palacio de verano, siguiendo a Wolfie por las escaleras, hacia la terraza.

—¡Estoy aquí, Nan! —gritó el pequeño.

Nan atravesó corriendo la terraza y agarró a su hermano de la mano.

—¡Ay, Wolfie! ¿Dónde estabas? —le preguntó.

—¡Estaba en el jardín! Oh, Nan, no sabes qué maravilloso… —empezó a decir Wolfie.

—No, ahora, no. No tenemos tiempo —agregó Nan, sacudiendo la chaqueta de Wolfie y acomodándole la peluca.

—¡Amo la música, Nan! Ellos hicieron que volviera a amarla —comentó Wolfie, señalando a Annie y a Jack.

—¡Me alegra! ¡Qué bien! Ahora, ven —insistió Nan—. ¡Tenemos que ir al Salón de los Espejos, rápido! ¡Papá está esperándonos allá! —Nan llevó a su hermano hacia la puerta.

—¡Annie, Jack, vengan con nosotros! —gritó Wolfie, por encima del hombro.

—¡En un minuto estaremos allí! —contestó Annie.

Mientras Wolfie y Nan entraban, Annie trató de acomodarse la ropa. Tenía el encaje de la falda colgando. La parte de abajo del vestido estaba sucia. Se le habían desatado los moños y el miriñaque se le había doblado.

—Soy un desastre —le dijo a Jack.

—Yo también —agregó él. Tenía la chaqueta sucia y los pantalones rotos. Agarró el sombrero y la peluca de donde los había dejado, y se puso todo en un segundo—. Pero tenemos que ir a buscar a los artistas ahora —dijo.

—¿Y Wolfie? —agregó Annie.

—Olvídate, no hay tiempo para estar con él —contestó Jack.

—Pero le dijimos que iríamos —insistió Annie.

—¡No podemos pasarnos la vida persiguiendo a Wolfie! —respondió Jack—. Por él ya desperdiciamos la única oportunidad para hacer magia. ¡Y ni siquiera empezamos con nuestra misión!

—Está bien, está bien —dijo Annie—, pero, al menos, deberíamos despedirnos de él y de Nan.

—Bueno. Un adiós rápido —añadió Jack. Ambos avanzaron por la terraza hacia la entrada del salón.

—Disculpa —le dijo Annie a un sirviente—, ¿dónde queda el Salón de los Espejos?

El sirviente enarcó las cejas al ver el aspecto de

aquellos dos. Sin embargo, señaló una puerta a la derecha.

—Pasen por las tres salas siguientes y atraviesen el Gran Salón Rosa. Al salir, lo verán.

—¡Gracias! —Rápidamente, Annie y Jack siguieron por el camino que les habían indicado hasta llegar a una puerta enorme. La abrieron y se asomaron.

De las paredes, colgaban cientos de espejos. El salón estaba lleno de invitados sentados en sillas, en hilera. Su Majestad Imperial y los niños imperiales estaban sentados al frente. Wolfie estaba de pie, en el centro del salón, junto a Nan y su padre.

Jack deseaba irse cuanto antes, pero cuando Wolfie los vio empezó a llamarlos.

—¡Annie! ¡Jack! ¡Vengan!

Jack comenzó a retroceder, pero Annie siguió adelante.

"¡Oh, cielos!", pensó Jack, caminando detrás de su hermana.

—¡Mírenme! —gritó Wolfie. Se alejó de su familia y, de un salto, se paró en frente de la multitud.

"¡Ay, no! ¿Qué hace?", pensó Jack. "¿Por qué no lo detienen?".

Wolfie se ubicó delante de la gente. Se puso la mano en el corazón e hizo su reverencia. Se tiró las faldillas de la chaqueta hacia atrás y se trepó a un banco, que estaba junto a un piano muy extraño. Sus piernas tan cortas ni siquiera llegaban al piso.

Cerró los ojos e inclinó la cabeza hacia el teclado. Con un solo dedo comenzó a producir algunas notas musicales.

"¿Por qué todos miran a este niño que simula tocar el piano?", se preguntó Jack. Luego, se dio cuenta de algo sorprendente: la melodía que Wolfie estaba tocando era la misma que él había escuchado en el jardín, la de la flauta mágica.

Todos parecían fascinados por la música de Wolfie, que comenzó a tocar las teclas con un dedo, con dos y luego con tres. Mientras producía las notas, Wolfie dejó de parecer un niño tonto de seis años. La expresión de su rostro era soñadora y pensativa.

De repente, se puso a tocar con todos los dedos. Sus pequeñas manos parecían volar por encima de las teclas, siguiendo la melodía de la flauta mágica.

Jack estaba estupefacto. No podía creer que un niño tan pequeño pudiera tocar una música tan bella. Por momentos, los sonidos eran suaves

y alegres; mientras que en otros, eran intensos y
enérgicos. En las partes más lentas Jack sentía
ganas de cerrar los ojos, en las más alegres quería
saltar.

Wolfie terminó su concierto con una gran floritura. Luego, se paró junto al piano y se inclinó ante el público.

Los invitados, sonrientes, gritaban y aplaudían de pie.

—¡Bravo! ¡Bravo!

Él siguió saludando. Los gritos y los aplausos se suavizaban y volvían con fuerza otra vez. Mientras el público aplaudía, el pequeño continuó haciendo reverencias.

Por último, su padre se acercó al piano y Wolfie volvió a parecer el niño de siempre.

—¡Papá! —dijo, agarrándose de él, escondiendo la cara en la chaqueta del corpulento hombre. Él, con lágrimas en las mejillas, abrazó a su hijo.

Todos los invitados hablaban con entusiasmo acerca de lo que habían presenciado:

—¡No puedo creer lo que he escuchado!

—¡No puedo creer lo que acabo de ver!

—¿Cómo lo hizo? ¡Es tan pequeño!

El público seguía elogiando a Wolfie. Nan se acercó a Annie y a Jack.

—Gracias por traer a mi hermano a su concierto —dijo.

—¿Hace mucho tiempo que toca el piano? —preguntó Annie.

—Papá empezó a enseñarle cuando Wolfie tenía tres años —explicó Nan—. Y ahora mi hermano ya escribe su propia música. Le dice a papá que escucha melodías en su cabeza... como la que tocó esta noche. Yo jamás la había escuchado.

Annie y Jack se miraron y sonrieron.

—Genial —dijo Annie.

La multitud se quedó en silencio. Su Majestad Imperial dio un paso adelante y agarró a Wolfie de la mano.

—Gracias por tu brillante concierto, Wolfgang Amadeus Mozart —dijo.

—¡Mozart! —repitió Annie, entre los crecientes aplausos.

Jack se quedó helado. ¿Mozart? Él conocía ese apellido. Su profesor de piano, el mismo de Annie, amaba la música de Mozart. Y también sus padres. De hecho, una vez los llevaron a ver un concierto de música del famoso pianista. Jack no podía creer que aquel extraño chiquillo fuera el gran Mozart.

Cuando Su Majestad Imperial se dispuso a hablar, la multitud hizo silencio.

—Esta noche hemos sido testigos de algo grandioso. Sé que recordaremos esto en los años que vendrán cuando nuestro joven Wolfgang Mozart le brinde felicidad a todo el mundo con su música.

—¡Oh, cielos! —susurró Jack, mirando a Annie—. ¿Escuchaste eso?

Ella le sonrió y asintió con la cabeza.

—Gracias, otra vez, por su ayuda —volvió a decir Nan. Iba a marcharse pero se detuvo. —Ah, le pregunté a papá por los artistas que viven en el palacio. Dijo que hablaba de otro palacio, en Viena. Lo siento.

—Perfecto, no hay problema —dijo Annie.

Mientras Nan caminaba hacia Wolfie y el padre de ambos, Annie miró a Jack.

—Encontramos a nuestro gran artista —dijo—. Estuvo con nosotros todo el tiempo.

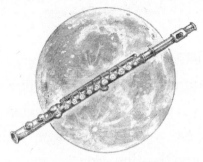

CAPÍTULO NUEVE

La cantante y el payaso

—Wolfgang Amadeus Mozart —dijo Annie.

—Sí —suspiró Jack—, y es solo un niño pequeño.

—Entonces, creo que cumplimos con nuestra misión —comentó Annie—. ¿Recuerdas lo que Wolfie le dijo a Nan? Le comentó que nosotros hicimos que él volviera a amar la música. O sea, que pudo retomar el camino para brindar su talento al mundo.

—¡Sí! Y ya podemos irnos —agregó Jack—. ¡Uf! —Ya estaba más que listo para sacarse la ropa elegante, la peluca, e irse a su casa para disfrutar de una rica cena.

—Despidámonos de Wolfie —propuso Annie.

Mientras ambos caminaban hacia él, Su Majestad Imperial se reía de algo que Wolfie había dicho.

—¡Eres un verdadero mago, mi pequeño Wolfgang Mozart! —dijo ella.

—No, yo no —añadió él—. ¡Los magos son Annie y Jack!

—¿Quiénes? —preguntó Su Majestad Imperial.

—Allá están —indicó Wolfie, señalando al otro lado del salón—. ¡Annie! ¡Jack!

Todos los invitados los miraron.

—¡Miren! ¡Es Jack de Frog Creek! —dijo uno de los niños imperiales.

Jack se quedó paralizado.

—Él es un payaso —comentó Wolfie—. Y toca música mágica con su flauta. Y Annie canta bonitas canciones mágicas. Acabo de escucharlas.

—¿De veras? —preguntó Su Majestad Imperial, enarcando las cejas—. Bien, quizá puedan actuar ahora para nosotros.

Todos se quedaron en silencio esperando una respuesta.

—Mm, bueno, es que… —empezó a decir Jack.

—Claro —agregó Annie, muy sonriente—. Nos encantará actuar para ustedes.

"¡Ay, no!", pensó Jack.

—¡Sí! ¡Toquen y canten para nosotros! —dijo Wolfie, aplaudiendo. Se acercó a sus amigos y los llevó al centro del salón.

Con disimulo, Annie se acercó a Jack.

—Tú toca y yo cantaré —susurró.

—Pero la flauta ya no hace más magia —contestó Jack, apenas moviendo la boca.

—Haz lo mejor que puedas —murmuró Annie, sonriéndole al público.

Jack casi no podía respirar.

"¡Esto es peor que enfrentarse con el oso y el leopardo!", pensó.

—Empiezo yo… —propuso Annie.

Jack metió la mano en el bolsillo y sacó la flauta de plata. Annie empezó a cantar:

Hemos venido en carruaje
con peluca y vestido de encaje.

Estamos en Viena de paso,
la cantante y el payaso.

Annie miró a su hermano. Él, con los ojos de todos encima, se acercó el instrumento a los labios. Con la esperanza de que a la flauta aún le quedara algo de magia, sopló por la boquilla.

Silencio. Lo único que se oyó fue su soplido.

Wolfie se echó a reír.

—¿Lo ven? ¡Jack es un payaso! —afirmó.

Todo el mundo se rio.

"Muy bien", pensó Jack, "si quieren un payaso, lo seré". Puso cara de bobo y espió por el agujero de la flauta buscando el sonido. Luego, echó la cabeza hacia atrás, como si algo le hubiera golpeado el ojo.

Todos se rieron más fuerte.

Jack, esta vez entusiasmado con las risas, hizo una gran actuación limpiándose y frotándose el ojo. Luego, miró a Annie con una sonrisa tonta.

Ella sacudió la cabeza y empezó a cantar:

Mi hermano… es un pelmazo…

con la flauta es un espanto.
Mejor escuchen mi canto,
pero rían con el payaso.

Jack simuló que le pegaba a Annie en la cabeza con la flauta. Luego, trató de tocarla, pero tampoco esta vez salió ningún sonido. Dio la vuelta al instrumento y lo sacudió para sacarle música.

Annie puso los ojos en blanco, como queriendo decir: mi hermano no tiene remedio. Después, con un gesto, lo invitó a seguirla. Mientras se alejaban del centro de atracción, Annie terminó la canción:

Ya es hora de irnos a casa,
debemos abrirnos paso,
con un adiós los abrazan
la cantante y el payaso.

De pronto, Jack volvió a llevarse la flauta a los labios. Siguiendo a Annie hacia la puerta, miró al público y les guiñó un ojo. Luego empezó a cantar con sonidos aflautados. ¡Ti-ri-ti-ri-ti-ri! ¡Tu-ru tu-ru-tu!

Toda la audiencia se echó a reír. Cuando Jack vio que Nan se reía con fuerza, se animó a hacer un pequeño paso de baile. Y volvió a cantar con voz de flauta. ¡Pi-ri-pi-ri-pi-ri!

Los dos se detuvieron en la puerta del salón. Jack puso la flauta a un costado e hizo una reverencia. Annie, a la vez, hizo lo mismo. Todo el mundo reía y aplaudía. Luego, los dos saludaron nuevamente.

—¡Adiós, Wolfie! —gritó Annie, tirándole un beso—. ¡No dejes de hacer música!

—¡Qué tengas una vida maravillosa, Wolfie! —gritó Jack.

—¡Adiós, Jack! ¡Adiós, Annie! —gritó Wolfie—. ¡Jamás los olvidaré! ¡Lo prometo!

Jack se inclinó ante la gente y Annie volvió a hacer una reverencia.

—Arriba —dijo Su Majestad Imperial, riendo.

Annie y Jack se incorporaron y, saludando por última vez, se marcharon.

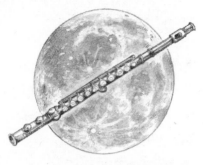

CAPÍTULO DIEZ

Alegría

—¡Vamos, de prisa! —dijo Jack.

Él y Annie atravesaron corriendo el Gran Salón Rosa, los tres salones siguientes y entraron en el salón que estaba junto a la terraza trasera. Luego, se dirigieron al gran salón de fiestas, donde cientos y cientos de velas ya estaban casi consumidas.

—¡Tenemos que irnos! ¡Buenas noches! —le dijo Annie al guardia—. ¡Gracias por todo!

El hombre abrió la puerta y Annie y Jack salieron corriendo.

—¡Sigue, no te detengas! —dijo Jack.

Rápidamente, bajaron por la gran escalera curva que daba a la enorme plaza.

Abajo, una hilera de carruajes aguardaba a los invitados. Annie y Jack vieron a Josef parado junto a su coche. La luz de la luna brillaba sobre los dos caballos, blancos como la nieve.

—¡Josef! —gritó Annie.

Annie y Jack corrieron hacia el cochero.

—¡Ah, mis jóvenes amigos! —dijo él—. ¿Cómo estuvo la velada?

—Fantástica —respondió Annie—, pero ya debemos irnos a casa. ¿Tienes tiempo para regresarnos a la entrada?

—En realidad, es temprano —respondió Josef—. Puedo llevarlos y volver a tiempo para recoger a mi patrón y a su familia.

El cochero le dio la mano a Annie y la ayudó a subir al carruaje. Luego, ayudó a Jack. Después, subió a su asiento, tiró de las riendas y los caballos iniciaron la marcha por el empedrado.

—Bueno, cuénteme, joven dama —dijo Josef—. ¿Lo pasó bien en la fiesta? ¿Qué vio y qué hizo allí?

—Pasé una noche maravillosa —contestó Annie—. Me recibió Su Majestad Imperial, vi un salón iluminado por cientos de velas, hice buenos amigos, vi animales de un zoológico, escuché un gran concierto y, también, actuó un payaso bastante tonto.

—¡Excelente! —exclamó Josef—. ¿Y usted, joven caballero?

—Hice lo mismo —respondió Jack—, pero lo mejor de todo fue el payaso. Hizo un gran uso de sus dones y talentos.

Annie se rió. El carruaje atravesó el gran portal de hierro y se detuvo en la calle empedrada.

—¿Adónde tienen que ir ahora? —preguntó Josef.

—Hasta aquí está perfecto —dijo Annie—. Gracias.

Ella y Jack se bajaron del carruaje y miraron al cochero.

—¡Muchas gracias, Josef! —dijo Annie.

—Sí, muchas gracias por traernos —añadió Jack.

—Ustedes me resultan misteriosos —comentó Josef—. Llegaron con el crepúsculo y se marchan con la luz de la luna.

—Somos magos —agregó Annie.

—Parecería que sí —dijo el cochero, sonriendo y saludando con el sombrero—. Bueno, será mejor que regrese. Buenas noches, mis jóvenes amigos.

—Buenas noches, Josef —dijeron Annie y Jack a la vez.

El cochero tiró de las riendas y los caballos reanudaron la marcha hacia la entrada del palacio.

—Buen hombre —comentó Jack—. Ya vámonos.

Ambos corrieron hacia los árboles alineados junto a la calle empedrada.

—¡Allá está! —dijo Annie.

Al llegar, se agarró de la escalera colgante y subió a la casa del árbol. Jack la siguió. Desde la ventana, contemplaron el brillo de la luna llena sobre Viena, Austria.

—¡Adiós, Wolfie! —dijo Annie.

—Buena suerte, pequeño —agregó Jack.

Entonces, agarró el sobre de la invitación y señaló las palabras Frog Creek.

—¡Deseamos regresar a casa! —dijo.

La casa del árbol empezó a dar vueltas.

Más y más rápido cada vez.

Después, todo quedó en silencio.

Un silencio absoluto.

Jack abrió los ojos.

—Ahhh —exclamó aliviado, al ver que estaban en el bosque de Frog Creek y que llevaban su propia ropa. En la mano, Jack aún tenía la flauta mágica.

—¿Estás listo? —preguntó Annie.

—Completamente —contestó Jack, y colocó el instrumento musical en un rincón de la casa mágica. Después, bajaron por la escalera colgante y caminaron hacia su casa.

Jack estaba de tan buen humor que iba saltando por el bosque. El sol comenzaba a ponerse. El aire era agradable y olía a hojas nuevas. De pronto, Jack pensó en la rica cena que lo esperaba en su hogar.

Cuando él y Annie salieron del bosque corrieron calle abajo. Atravesaron el jardín, saltaron al porche y entraron a la casa.

—¡Llegamos! —dijo Annie en voz alta.

—Justo a tiempo —agregó su padre, desde la

cocina—. La cena estará lista en unos minutos.

—Ven, antes de que comamos… —le dijo Jack a Annie, yendo a la computadora. Se sentó y escribió una palabra: Mozart.

Al instante, aparecieron 48.400.207 accesos.

—¡Huy! —exclamó Jack. Hizo clic en el primero y leyó en voz alta:

Wolfgang Amadeus Mozart fue el niño músico más famoso de la historia, quien tocó el piano durante muchos años por toda Europa. Mozart llegó a componer más de seiscientas piezas musicales. Hace más de doscientos años que su música brinda alegría al mundo entero.

—¡Qué emoción!—exclamó Annie.

Mientras Jack buscaba más datos, le llamaron la atención tres palabras.

—¡Escucha esto, Annie! —dijo, con un hilo de voz:

**La última gran ópera de Mozart fue
La flauta mágica.**

Annie miró a Jack con una sonrisa.

—Wolfie cumplió su promesa —dijo ella—. Nunca se olvidó de nosotros.

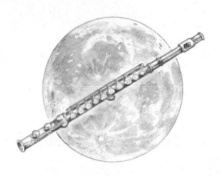

Más información acerca de Mozart y su época

Wolfgang Amadeus Mozart nació en Austria en 1756 y fue bautizado como Johannes Chrysostomus Wolfgangus Theophilus Mozart. A los tres años, su padre Leopoldo comenzó a enseñarle a tocar el órgano, el violín y el clavecín, un antiguo instrumento similar al piano. Mozart compuso sus primeras piezas musicales cuando tenía tan solo cinco años.

En octubre de 1762, Leopoldo llevó a su pequeño hijo y a la hermana del niño, María Ana, también llamada Nannerl, a la ciudad de Viena para que tocaran ante la emperatriz María Teresa y su corte, en el palacio de verano, conocido como el palacio Schönbrunn. Según una carta de Leopoldo, durante aquella visita el joven Mozart se subió al regazo de la emperatriz, la besó y la abrazó. Sin embargo, al tocar el clavecín, lejos de comportarse como un niño, el pequeño dejó a toda la corte asombrada con su talento.

Durante los tres años siguientes, Mozart y Nannerl viajaron por las capitales de Europa como niños prodigio. La hermana de Mozart era considerada un talento al igual que su hermano, pero esto cambió cuando ambos crecieron y el pequeño comenzó a tocar sus propias composiciones. Hoy muchos consideran a Mozart el mejor compositor de música clásica de todos los tiempos.

El palacio de verano de la emperatriz María Teresa tuvo un zoológico, uno de los primeros del mundo. Fue construido en 1752 por el esposo de la emperatriz, el emperador Francisco Esteban, quien tenía un gran interés por las ciencias naturales. Al principio, allí podían encontrarse mayormente aves acuáticas exóticas, pero con el tiempo el zoológico se pobló de más y más animales salvajes.

Mary Pope Osborne

Autora galardonada, ha escrito numerosas novelas, libros ilustrados, colecciones de cuentos y libros de no ficción. La serie La casa del árbol, éxito de ventas del *New York Times*, ha sido traducida a muchos idiomas. Ampliamente recomendados por padres y educadores, estos relatos acercan a los lectores más jóvenes a diferentes culturas y períodos de la Historia, así como también, al legado mundial de cuentos y leyendas antiguas. La señora Osborne está casada con Will Osborne, coautor de Magic Tree House Research Guides, libretista y letrista de *La casa del árbol: El musical*, una adaptación teatral de la serie. Los Osborne viven en el noroeste de Connecticut, con sus perros, Joey, Mr. Bezo y Little Bear. Encontrarás más información en www.marypopeosborne.com.

Sal Murdocca

Más conocido por su sorprendente trabajo en La casa del árbol, ha escrito e ilustrado más de doscientos libros infantiles. Entre ellos: *Dancing Granny*, de Elizabeth Winthrop, *Double Trouble in Walla Walla*, de Andrew Clements y *Big Numbers*, de Edward Packard. También enseñó escritura y dibujo en la Parsons School of Design, en Nueva York. Murdocca es el libretista de una ópera para niños y, recientemente, terminó su segundo cortometraje. Además, es un ávido corredor, ciclista y excursionista. Durante sus frecuentes viajes por Europa en bicicleta, realizó pinturas, que expuso en numerosas muestras unipersonales. En la actualidad, vive con Nancy, su esposa, en New City, Nueva York.

LA CASA DEL ÁRBOL #42

MISIÓN MERLÍN

Buena noche para fantasmas

Annie y Jack viajan a Nueva Orleans, una
ciudad llena de música, magia y... ¡fantasmas!
Allí conocerán al joven Louis Armstrong y lo
animarán a triunfar en el mundo del jazz.

LA CASA DEL ÁRBOL #43

MISIÓN MERLÍN

Un duende a fines del invierno

Annie y Jack le muestran un mundo mágico
a una futura escritora irlandesa con el fin
de despertar su imaginación. Así se verán
inmersos en la fascinante cultura celta.

LA CASA DEL ÁRBOL #44

MISIÓN MERLÍN

Cuento de fantasmas para la Navidad

Annie y Jack deberán dar vida a tres
fantasmas para inspirar a Charles Dickens a
crear su obra maestra.